.94

Feuille faite

annoté double
contrôlé

12 Avril 1834

COLLECTION

DE

FEU M. CH. BILLOIN

CONDITIONS DE LA VENTE

Elle sera faite au comptant.

Les Acquéreurs payeront CINQ POUR CENT en sus des adjudications.

L'exposition mettant le public à même de se rendre compte de l'état des objets, il ne sera admis aucune réclamation une fois l'adjudication prononcée.

Mâcon, Protat frères, imprimeurs

COLLECTION DE FEU M. CH. BILLOIN

TABLEAUX ANCIENS

AQUARELLES, GRAVURES

OBJETS D'ART & D'AMEUBLEMENT

Faïences italiennes, hollandaises, françaises, Armes anciennes, Vitraux, Bronzes

BELLE COLLECTION D'ANTIQUITÉS

ÉTRUSQUES, GRECQUES ET ROMAINES

MEUBLES COURANTS, LITERIE, OBJETS DIVERS

Dont la Vente, par suite de décès, aura lieu

HOTEL DES COMMISSAIRES PRISEURS, rue Drouot, 9

Salle nº 11

Les Jeudi 12, Vendredi 13 et Samedi 14 avril 1894

A DEUX HEURES PRÉCISES

COMMISSAIRE PRISEUR

Me Maurice DELESTRE, rue Drouot, 27

EXPERTS

Pour les Tableaux
M. E. FÉRAL
54, faubourg Montmartre

Pour les Objets d'art
M. B. LASQUIN
12, rue Laffitte

Pour la Collection d'Antiquités (qui sera vendue les 13 et 14 avril)
MM. ROLLIN et FEUARDENT, 4, rue de Louvois

Exposition publique

Le mercredi 11 avril 1894, de 1 heure à 6 heures

TABLEAUX

1. Bourguignon. *Cavaliers en marche.*

2. Bronzino (Angiolo Allori dit Le). *Portrait présumé de l'une des filles de Cosme Ier de Médicis.*

Cette dame, vue à mi-corps et de deux tiers, est debout et tient un livre. Elle est vêtue d'une robe laquée presque entièrement brochée d'or et dont les manches sont en gaze brodée. Sa tête est ceinte d'un riche bandeau ; deux grosses perles forment ses pendants d'oreilles, et ses bracelets sont ornés de gemmes variées. Cette parure est complétée par un magnifique collier de rubis, de perles et d'émeraudes, dont le pendant est formé par un joyau terminé du bas par une très grosse perle en forme de poire.

Beau portrait provenant de la collection du comte Pourtalès.

(*Extrait du catalogue.*)

Bois : hauteur, 70 ; largeur, 57.

3. Bronzino (Alexandro Allori dit Le). *Tête d'homme.*

Cadre en bois sculpté.

4. Brand. *Arbres au bord d'une rivière.*

5. Breda (Van). *Choc de cavalerie.*

6. Calame. *Les glaciers de la Jungfrau*, étude.

7. Canaletti (Attribué à). *Vue du Rialto, à Venise.*

8. Carravage. *Portrait d'homme.*

Vu en buste, coiffé d'un bonnet avec plume rouge, il tient un éperon à la main.

Belle et vigoureuse peinture, provenant de la collection Pourtalès.

9. Cerquozzi. *Fruits et oiseaux.*

10. Coignet (Jules). *Cours d'eau sous bois.*

11. Dossi-Dosso. La Vierge, l'Enfant Jésus et saint Jean. Au dessus d'eux, le Père dans une gloire soutenue par des anges.

Peinture sur bois, cintrée du haut.

12 Garofallo (Tisio dit le). *La Nativité.*

La Vierge est en adoration devant l'Enfant Jésus. A droite, saint Joseph. Au second plan, trois bergers; dans le haut, des anges dans une gloire.

Tableau sur bois cintré du haut, provenant de la vente du baron de Beurnonville.

13 Guaspre Poussin. *Paysage.*

Sur le devant, deux personnages se reposant au bord d'un chemin et regardant une bergère suivie de son troupeau. Dans le fond, un château fort au bord d'une rivière.

14 Guaspre Poussin. *Constructions au sommet de rochers.* Belle étude.

15 Heusch (Guillaume de). *Paysage avec rivière.*

Devant, un paysan et des moutons.

Fin et précieux petit paysage sur cuivre de forme ovale.

16 Jovant. *Maisons sur le grand canal, à Venise.*

17 Kessel (J. van). *Paysage coupé par une rivière.*

Au premier plan, de nombreux oiseaux aquatiques.

18 Lacroix. Deux pendants : *Ports de mer.*

19 La Hire (Laurent de). *Saint Pierre guérissant des malades.*

Esquisse d'un tableau qui se trouve à Parme.

20 Lantara. *Paysage avec rochers et cascades.*

Effet de soleil couchant.

21 Lucatelli. Deux pendants : *Paysages coupés par des cours d'eau avec pont et constructions en ruine.*

22 Millet (Francisque). *Paysage accidenté, coupé par une rivière.*

Peinture sur bois, de forme ronde.

23 Procacini. Deux pendants : *Des anges tenant les instruments de la Passion.*

24 Roos de Tivoli. Deux pendants : *Bergers et animaux au repos.*

25 Rosa (Salvator). *Cours d'eau dans les rochers*, étude.

26 Rosa (Attribué à Salvator). *Paysage avec rochers au bord d'une rivière.*

Sur le devant, des soldats assis et causant.

27 Sarto (Attribué à Andrea del). *La Visitation.*

Bon et intéressant tableau peint sur bois.

28 Sasso-Ferrato (D'après). *La Vierge au voile blanc.*

29 Schidone (Attribué à). *La Vierge et l'Enfant Jésus.*

30 Staveren (Genre de). *Anachorète assis dans une grotte et lisant.*

31 Vernet (Genre de Joseph). *Port de mer avec figures au premier plan.*

32 Véronèse (Attribué à Paul). La Vierge assise sur un trône tient l'Enfant Jésus sur ses genoux. Le jeune saint Jean est auprès d'elle.

Trois saints personnages sont prosternés.

Bonne peinture, d'un riche coloris.

Cadre en bois sculpté.

33 Véronèse (Attribué à Paul). *Portrait de la fille du peintre Varotari.*

Vue jusqu'à la ceinture, de trois quarts, à droite, tenant ses gants.

34 Watelet. *Le Moulin.*

L'eau coule en cascades. Au premier plan, un pêcheur à la ligne et une femme assise sur un rocher.

ÉCOLE FLAMANDE.

35 Portrait allégorique de jeune femme portant les attributs de sainte Catherine. Cuivre.

AQUARELLES

36 Calame. *Arbres au bord d'un lac.* Aquarelle signée.

37 Lalaisse. *Un Turc debout.* Aquarelle.

38 Nicolle. Quatre petites aquarelles, de forme ronde. *Vues de Rome et de Naples.*

39 Tesson. *Campement arabe aux environs d'Alger.* Aquarelle.

GRAVURES

40 *Les moissonneurs et les pêcheurs de l'Adriatique*, gravé par Desclaux, d'après Léopold Robert.

41 Trois gravures d'après les fresques de Michel Ange, qui sont à la Chapelle Sixtine.

42 Sous ce numéro, qui sera divisé, un certain nombre de gravures.

OBJETS D'ART

FAÏENCES ITALIENNES, HOLLANDAISES ET FRANÇAISES,
PORCELAINES DE CHINE ET AUTRES,
OBJETS VARIÉS
ARMES ET OBJETS DE L'ORIENT,
BRONZES DE BARBEDIENNE,
MEUBLES, BIBLIOTHÈQUES, PENDULE RÉGENCE, etc.

FAÏENCES ITALIENNES ET HISPANO-MORESQUES

43 Vase balustre surbaissé, à deux anses et à piédouche en faïence de Gubbio, décoré de plusieurs zones d'ornements et de godrons simulés, en jaune à reflets cernés de bleu.

44 Vase ovoïde, à deux anses surélevées, en faïence d'Urbino, décoré sur la face, en jaune et bleu, de figures grotesques, oiseaux et animaux, entourant un listel, le revers orné d'un vase et de feuillages, en bleu.

45 Petit plat en faïence d'Urbino, représentant Vulcain forgeant une flèche, en présence de Vénus, de Mars et de deux amours.
Très bel émail.
Collection Castellani.

46 Plat rond, en faïence d'Urbino, représentant l'incendie de la flotte troyenne.
Au revers, l'indication du sujet, la signature de Fra Xanto da Rovigo et la date 1535.

47 Coupe ronde, à bossages en faïence de Faenza, très finement décorée de compartiments de fleurs, sur fonds

variés de nuances : gros bleu, vert et jaune d'ocre. Au centre, une figure dans une rosace à fond jaune.

48 Vase sphérique, en faïence de Castel Durante, décoré de listels et de fleurs sur fond jaune d'ocre. Il est monté en lampe de suspension.

49 Petit plat rond, à ombilic, en faïence de Deruta, à reflets très vifs, le fond recouvert par une étoile renfermant le monogramme R au centre.
Collection Castellani.

50 Petit plat rond, en faïence d'Urbino, décoré d'un paysage animé d'un cerf et de biches, avec armoirie en haut, à gauche.

51 Coupe creuse, à bord plat, en faïence hispano-moresque, décor très fin, à reflets métalliques, offrant un blason au centre entouré d'imbrications.

52 Coupe ronde, en faïence, à reflets mordorés.

53 Plat en faïence de Rhodes, à décor d'œillets et de tulipes, en rouge, bleu et vert.

54 Coupe ronde, en faïence hispano-arabe, à reflets mordorés.

55 Petit plat en faïence hispano-moresque, décoré d'une tige de fleurs, en bleu, sur fond pointillé, à reflets.

56 Petit plat rond, en faïence hispano-moresque, à fleurs.

57 Fond de plat, en faïence hispano-moresque, à reflets décoré de plusieurs zones d'ornements.

58 Plaque rectangulaire, en faïence de Castelli, représentant un paysage avec ruines.

59 Petite assiette de même faïence.

60 Aiguière en faïence de Ginori, genre d'Urbino.

61 Six plats divers, en faïence italienne moderne de Ginori, à décor genre Renaissance.

FAÏENCES HOLLANDAISES ET FRANÇAISES

62 Petite plaque à encadrement contourné, en ancienne faïence de Delft, décor polychrome à vase de fleurs.

63 Plaque de même forme et de même faïence, décor bleu à fleurs.

64 Compotier en faïence de Delft, décor polychrome à six compartiments, représentant des corbeilles de fleurs.

65 Plat rond, en faïence de Delft, à décor bleu.

66 Deux potiches couvertes, en ancienne faïence de Delft, décor bleu, à fleurs, de style chinois.

67 Assiette en faïence de Rouen, décor polychrome à perroquets et fleurs.

68 Compotier en ancienne faïence de Rouen, décor polychrome à corne d'abondance.

69 Compotier analogue au précédent, décor à corne d'abondance et vase de fleurs.

70 Petit vase en ancienne faïence de Nevers, fond bleu, à décor de tulipes et de marguerites, en blanc et jaune d'ocre.

71 Deux plateaux à bordure ajourée, en faïence de Niederviller, à armoiries et fleurs.

72 Deux petits seaux à fleurs, en faïence de Niederviller, décorés d'armoiries et de guirlandes.

73 Plat en faïence de Moustiers, décor polychrome à sujet de figures.

74 Choppe en grès, à médaillons, sur fond bleu.

FAÏENCES DE PULL

75 Grand plat ovale, en faïence de Pull, à lézards, couleuvres, grenouilles, papillons et coquilles, en relief, sur fond bleu.

76 Grand plat rond, d'après Briot, en faïence de Pull.

77 Plat ovale, en faïence de Pull, d'après B. Palissy : *la belle Jardinière.*

78 Plat ovale, à compartiments, en faïence de Pull, d'après Palissy.

79 Coupe ronde, ajourée, de même faïence.

80 Médaillon ovale, en faïence de Pull : *la Vierge, Jésus et saint Jean.*

81 Deux statuettes de la Nourrice et du Joueur de vielle, d'après Palissy, avec supports, en faïence de Pull.

PORCELAINES

82 Deux potiches couvertes, en ancienne porcelaine du Japon, de belle qualité, décor bleu, à trois compartiments, offrant des arbustes fleuris, encadrés de lambrequins.

83 Plat en ancienne porcelaine de Chine, décoré en émaux de la famille verte, avec rehauts de dorure, le fond représente des oiseaux dans des arbustes. La bordure est à quatre réserves.

84 Plat en ancienne porcelaine de Chine, décoré en émaux de couleurs de la famille verte, le fond représente des foangs, des papillons et des fleurs. La bordure à six réserves sur fond imbriqué.

85 Deux compotiers en ancienne porcelaine de Chine, décorés en émaux de la famille verte d'oiseaux et de chimères, avec bordure à réserves de fleurs.

86 Deux plats en ancienne porcelaine du Japon, décorés de chrysanthèmes et de vases, en couleurs.

87 Théière, tasse et soucoupe en ancienne porcelaine du Japon.

88 Coupe en ancienne porcelaine du Japon, montée en bronze.

89 Tasse droite et soucoupe en ancienne porcelaine tendre de Sèvres décor de roses enguirlandées de lauriers entre deux filets rouges, et bandes en bleu et or. Marques de Prévost sur la tasse et de Vincent sur la soucoupe.

90 Tasse hémisphérique et sa soucoupe en vieux Saxe, fond vert d'eau, décor de médaillons très finement peints, représentant des figures Louis XV dans des paysages. Marques d'or.

91 Figurine de jardinière en porcelaine de Saxe.

92 Tasse et soucoupe en Saxe, fond gros bleu à médaillon de paysage.

93 Deux petits vases en porcelaine tendre, décor de médaillons d'oiseaux sur fond turquoise. Montures en bronze.

94 Tasse et soucoupe en porcelaine de Minton, fond turquoise à médaillon en camaïeu carmin et dorure.

OBJETS VARIÉS

95 Petite coupe ronde à deux anses, en émail, de Jean Laudin, offrant au centre une figure de fauconnier en grisaille, entourée de tulipes et de feuillages en couleurs.

96 Plaque rectangulaire en émail, de Jean Laudin : *sainte Madeleine.*

97 Petit bas-relief ovale en argent repoussé : *l'Adoration des bergers.* Bordure en bois doré.

98 Beau yatagan à lame damasquinée d'or, avec poignée et fourreau en argent repoussé et ciselé.

99 Deux poignards arabes, à lames de Damas, l'un à poignée en morse et fourreau en argent.

100 Petit poignard de Tolède.

101 Revolver de Claudin dans sa boîte, avec accessoires.

102 Miroir persan dans un étui décoré au vernis, de scènes familières.

103 Petit brasero à trépied, en émail cloisonné de Chine, fond turquoise à arabesques ; socle en bois de fer.

104 Coupe ronde à deux anses prises dans la masse, en jade gris gravé à pois; socle et couvercle en bois de fer. Travail chinois.

105 Petit brasero en bronze du Japon ; socle en bois de fer.

106 Trois figurines en ancien bronze du Japon : personnages symboliques.

107 Pitong en bambou sculpté à figures.

108 Coffret à bijoux de chez Tahan, en cuivre découpé et bronze doré.

109 Petit coffret en cristal, un vidrecome en verre émaillé de Bohême, un verre à pied en verre de Venise.

110 Un pupitre, une boîte à jeu et un coffret en marqueterie.

111 Support applique en bois sculpé.

112 Trois billes de billard en ivoire.

113 Deux coupes en cuivre galvanisé. Style Renaissance.

VITRAUX

114 Six volets de fenêtres composés de douze vitraux de style Renaissance et de six médaillons gravés.

115 Deux volets de fenêtres composés de six médaillons en verre gravé à armoiries, motifs rocaille et inscriptions.

BRONZES

116 Statuette de Moïse, d'après Michel-Ange, bronze de Barbedienne, avec socle en porphyre.

117 Vase Borghèse en bronze de Barbedienne ; socle en marbre vert.

118 Statuette en bronze, d'après Clodion : *la Source.*

119 Deux flambeaux de style Louis XV, en bronze doré.

120 Pendule en marbre noir et bronze, surmontée d'une statuette de Polymnie, et deux candélabres à six lumières, à base triangulaire.

121 Deux appliques à six lumières, de même style.

MEUBLES

122 Deux bibliothèques de style Louis XIV, ouvrant à deux portes vitrées, en bois noir et marqueterie de cuivre, genre Boulle, avec moulures et ornements de bronze doré.

123 Meuble d'entre-deux, de même style que les bibliothèques qui précèdent.

124 Pendule et son socle de suspension, du temps de la Régence, en marqueterie d'écaille et de cuivre, garnie de bronzes dorés : ornements rocaille, mascarons, appliques et figure de Vénus.

125 Table à jouer, forme Louis XV, en acajou moucheté.

ANTIQUITÉS

ÉGYPTIENNES, GRECQUES ET ROMAINES

POTERIE

CHYPRIOTE, GRECQUE, ÉTRUSQUE, ROMAINE ET GALLO-ROMAINE

126 Vase chypriote d'ancien style. — Panse pomiforme, munie d'un double goulot droit et d'une anse à poucier. Chaque goulot a une ouverture latérale, dont le rebord est percé de trous. Décor linéaire, peint en noir (passé au rouge) sur terre pâle. Vingt-huit œillets font saillie au milieu de la panse, sur l'épaule et sur les goulots. — Très bonne conservation. — Hauteur, 145 millim.

127 Petit lécythe à couverte rouge-orange, le goulot en entonnoir. Décor géométral. — Chypre. — H. 96 millim.

128 Balsamaire corinthien, orné de trois frises d'animaux et d'oiseaux à tête humaine. Peinture noire sur terre pâle. — Trouvé en Étrurie. — H. 24 centim.

129 Petit vase bursiforme, même fabrique. Le sujet, finement peint en noir et en pourpre sur terre pâle, représente un dieu d'ancien style, barbu, ailé, les bras ouverts comme s'il nageait, les jambes remplacées par une queue de serpent. — Trouvé en Italie. — H. 7 cent.

130-131 Même forme; décor géométral (noir et pourpre). — Petite chytra à panse conique; cercles noirs sur terre blanche. Trouvée en Italie.

132-133 Deux aryballes corinthiens (peinture noire et pourpre sur terre pâle). Sur l'un : une procession de trois cygnes ; sur l'autre : trois danseurs comiques.

134 Petite chytra, d'ancien style béotien. Orifice tréflé ; cercles noirs (passés au rouge) sur terre pâle ; entre les cercles qui entourent le goulot, une collerette. — H. 65 millim.

135 Amphore de Vulci (peinture noire sur fond orangé ; rehauts pourpres). — A l'avers, une procession de trois dieux : Mercure, Apollon et Bacchus, se dirigeant vers la droite. Apollon, qui joue de la lyre et qui porte son carquois sur l'épaule, est accompagné d'une biche. Bacchus est barbu, couronné de lierre, vêtu d'un chiton talaire et d'un manteau ; à chaque main, il porte un cep de vigne. Mercure, barbu également, retourne la tête en arrière. Il a son pétase (sans ailes), sa chlamyde, ses chaussures ailées et un long bâton qu'il tient horizontalement. Légende fictive.

Au revers : une femme voilée, debout entre deux hoplites. — Graffites sous le pied. — H. 35 cent.

136 Lécythe d'ancien style (figures noires sur fond orangé). — Il représente une scène de la guerre des dieux contre les géants. Trois divinités : Jupiter, Hercule et Minerve combattent deux hoplites, dont l'un est déjà blessé et agenouillé. Jupiter tient le foudre et le sceptre ; il tourne la tête vers Hercule qui tient une épée et un arc, tandis que Minerve porte sa lance en arrêt. Les boucliers des géants ont pour épisèmes un trépied et une tête de taureau.

Ce vase, qui mérite d'être publié, a passé successivement par les ventes Durand (n° 1), Raoul-Rochette (n° 43) et Paravey (n° 5). — Trouvé en Étrurie.

Haut., 22 cent.

137 Lécythe d'ancien style, trouvé en Grèce. — Sujet : Thésée domptant la laie de Crommyon. Le héros est nu et

imberbe; son manteau, sa massue et le fourreau de son arc sont suspendus à une branche de pommier. La laie est peinte en blanc, avec quelques mouchetures sur la nuque. De chaque côté du groupe, un jeune cavalier casqué.

Haut., 245 millim. — Peinture noire et blanche sur fond orangé; rehauts rouges.

138 Lécythe d'ancien style, trouvé dans l'Attique. — La peinture (noire sur fond orangé) représente trois hoplites partant pour la guerre. Armé d'un bouclier rond (épisème : un scorpion), le premier est debout devant une femme qui lui remet sa lance; le second prend congé de sa mère, qui lève les bras et semble lui dire adieu; suivent un archer en costume phrygien et une femme qui tient la lance du troisième hoplite. Ce dernier attache sa seconde cnémide; devant lui, une épée est suspendue au mur, et un bouclier (épisème : couronne de lierre) est appuyé contre un tabouret. Sous l'anse, une fleur et trois palmettes finement dessinées.

Le vase, recueilli par Fauvel, a fait partie du Musée Pourtalès et a été publié par Panofka (*Antiques du Cabinet Pourtalès*, p. 107, pl. VIII) et Stackelberg (*Tombeaux des Hellènes*, pl. X). — Vente Pourtalès, n. 224.

Haut., 15 cent. — Rehauts pourpres, gravure au trait.

139 Petit lécythe (noir sur fond blanc). Bacchante entre deux Silènes; dans le champ, un cep de vigne. — Ancien style. — H. 14 cent.

140 Petit lécythe : Junon et Minerve combattant des hoplites, c'est-à-dire des géants. Les géants sont agenouillés et, comme les déesses, armés de lances. — Sur l'épaule du vase, deux lions.

Trouvé à Capoue.

Ancien style, noir sur fond orangé, rehauts rouges. — H. 117 millim.

141 Autre; même style et même provenance. — Cavalier combattant un hoplite agenouillé. De chaque côté, un doryphore drapé. — H. 10 cent.

142 Balsamaire. — Jupiter assis, à g., sur un pliant, la main droite levée; devant lui, un éphèbe debout (Ganymède), puis Mercure et trois femmes. Lignes ponctuées simulant des légendes. — Trouvé dans l'Attique.

Noir sur fond orangé, rehauts blancs, gravure au trait. — H. 11 cent.

143 Petite chytra façonnée en tête de femme. La tête est d'ancien style; trois rangs de points saillants figurent les boucles de cheveux qui encadrent le visage; les yeux sont très allongés et peints en blanc et en noir, les lèvres sont coloriées en rouge. Parure: une couronne de myrte, de couleur blanche. Très bonne conservation.

Brun sur terre pâle. Orifice trilobé. — H. 155 millim.

144 Tasse sans anse, de forme ovoïde. — Sur chaque face, un chasseur combattant un taureau. Le chasseur est nu; son bras droit levé est censé brandir un javelot, et son bras gauche est enveloppé d'un manteau qui sert de bouclier. Sur le second plan, un arbre feuillu; deux déesses drapées et ailées séparent les deux groupes.

Ancien style (noir sur fond orangé); facture sommaire. — Acheté à Naples. — H. 94 millim.

145 Coupe d'ancien style; même provenance. — A l'intérieur, un médaillon bordé de godrons alternativement noirs et pourpres. Sujet: un éphèbe nu se dirige vers la droite, la tête retournée vers une femme debout, drapée dans un peplos et parée d'un collier. Le peplos est formé de lés pourpres et de lés noirs brodés de fleurettes blanches. Dessin très soigné.

Haut., 107 millim. Diamètre, 153 millim.

146 Lécythe athénien, à fond blanc. — Au milieu, une stèle funéraire, montée sur une double base et couronnée d'une palmette. A g., une jeune fille (chiton blanc et manteau rouge) portant un panier plat, chargé de bandelettes et de couronnes. A dr., un éphèbe tenant une lance et faisant le geste de la prière. L'éphèbe est vêtu d'une tunique courte, peinte en jaune et serrée par une ceinture; son manteau est plié en écharpe.

Beau dessin au trait noir. — Sur l'épaule, palmettes rouges.

Collections de Janzé (n° 134) et Paravey n° 91).

Haut., 43 cent.

147 Hydrie à trois anses (fabrique de Nola). — Une femme drapée, probablement de condition servile, présente un coffret à sa maîtresse, qui est debout devant elle, une ténie dans les cheveux, le bras droit abaissé, la main gauche levée et tenant un balsamaire.

Beau style; figures rouges sur fond noir luisant. Bordures d'oves. — Sur le pied, un graffite : IIᴿ, qui doit signifier le prix de vente : deux drachmes d'argent.

Haut., 27 cent.

148 Amphorisque monté sur une base campaniforme et muni de son couvercle. — Sujet : une femme assise sur une chaise se regarde dans son miroir et rajuste ses cheveux. Devant elle, une esclave debout tient une bandelette et un balsamaire. Plus loin, on voit une femme portant un coffret et se dirigeant vers une porte. Deux Victoires drapées, sans ailes, planent dans l'air, l'une tenant une ténie rouge, l'autre un balsamaire.

Sur la base : deux femmes, dont l'une porte une ténie rouge, l'autre une double flûte; puis une corbeille à ouvrage, une chaise et une colonne.

Les anses forment, de chaque côté, deux arceaux juxtaposés. Trouvé en Grèce.

Rouge sur fond noir. Dessin sommaire. — H. 16 cent.

149 Lécythe, trouvé dans l'Attique. — Éphèbe debout, à dr., enveloppé de sa chlamyde; derrière lui, un siège carré; devant, l'inscription : ΚΡΙΟΣ (*sic*). Κριός est un nom propre d'homme. — Beau style.

Rouge sur fond noir. — H. 133 millim.

150 Amphorisque. — A l'avers, un éphèbe drapé, tenant son strigile. Au revers, une oie battant des ailes, et devant elle, une plante. — Attique.

Rouge sur fond brun. — H. 103 millim.

151 Petit aryballe. — Sphinx femelle couché.

Fabrique de Nola.

Rouge sur fond noir brillant. — H. 55 millim.

152 Très beau rhyton en forme de tête de bélier (fabrique de Nola). La tête, supérieurement modelée, est peinte en noir, à l'exception des yeux et des cornes; une couronne de laurier entoure le col.

Ventes Beugnot (n° 89) et Paravey (n° 142).

Haut., 16 cent.

153 Grand balsamaire. — Sur le devant, Vénus drapée, assise sur un cygne, dans un encadrement de rinceaux et de fleurs. Au revers, une femme allant à g. et tenant un miroir et une couronne. — Fabrique de Tarente.

Vente Piot (1870), n° 47.

Rouge sur fond brun, rehauts blancs et jaunes. — H. 21 cent.

154 Petit lécythe en forme de boite. Sur le couvercle : un éphèbe nu, assis à terre, les bras ouverts. — Fabrique de Tarente. — H. 10 cent.

155 Autre, à panse plate : tête de femme entourée de rinceaux. — H. 6 cent.

156 Petit lécythe : tête de femme, coiffée d'un bonnet.

Rouge sur fond noir. — H. 95 millim.

157 Lécythe pomiforme, sans anse : réseau blanc et cercles blancs et jaunes. — Calabre. — H. 7 cent.

158 Petite chytra, d'ancien style, à couverte noire. Orifice en bec de plume, accosté de deux boutons ; anse surélevée. — Corinthe. — H. 21 cent.

159 Petite hydrie à trois anses. Couverte noire luisante ; collerette en relief. — Nola. — H. 14 cent.

160 Tasse à deux anses surélevées, la panse cannelée. A l'intérieur, un losange bouleté (en creux) entouré d'une bordure d'oves. — Nola. — Diam., 102 millim.

161 Petit plateau à deux anses horizontales. Au centre, un groupe de palmettes poinçonné. Couverte noire. — Nola. — D. 14 cent.

162 Canthare grec, en terre pâle dorée, très beau de forme. Acheté à Naples. — H. 16 cent.

163 Coupe à relief (fabrique de Mégare). Autour de l'orifice, une bordure de fleurs, puis une frise d'Amours conduisant des biges au galop. Au centre, un grand fleuron. Couverte brune. — D. 12 cent.

164 Canthare étrusque (sans anses), en *bucchero* noir. Sur le tour, une frise de figurines estampées : deux divinités assises à g., entourées d'adorants et de doryphores. Le même sujet est répété plusieurs fois. Trouvé à Chiusi. — H. 11 cent.

165 Petit plateau étrusque, en *bucchero* noir, trouvé à Cortone. Au centre, cercles en relief ; bordure moulurée ; quatre appendices simulant des anses. — D. 12 cent.

166 Petite coupe d'Arezzo. Le rebord est orné de branchettes fleuries (en relief) ; un bouquet d'épis enveloppe la panse du vase. Tranche cannelée. — Terre rouge. — D. 13 cent.

167 Chytra piriforme à vernis rouge, la panse toute couverte

de stries et de hachures. Anse à double tige. — Rome. — H. 17 cent.

168-169 Petit balsamaire en terre pâle. — Petite coupe godronnée et ornée de globules en relief. Anses à pouciers; terre pâle (Rome).

170 Vase gaulois, trouvé à Reims. — Panse annelée, en forme de cône renversé, col très large et s'évasant vers l'orifice. Couverte jaune. — H. 13 cent.

171 Vase gallo-romain, à couverte noire; panse côtelée au moyen de six dépressions. — Reims. — H. 9 cent.

172 Lécythe gallo-romain en forme de pomme de pin. Terre blanche. — Trouvé à Vichy. — H. 95 millim.

173 Jolie petite coupe, à vernis rouge luisant, trouvée à Clermont-Ferrand. — D. 62 millim.

174-175 Deux autres, à couverte orangée, trouvées à Reims.

176 Lampe romaine, à deux becs. — Sujet : aurige conduisant un char attelé de deux chevaux, à g. Sur la poignée triangulaire, une Victoire, de face sur un globe, tenant une couronne et une palme. Couverte rouge. — Rome. — L. 16 cent.

177 Lampe dont la poignée figure un croissant. Sujet : masque tragique, barbu. Poinçon en relief : MYRO. — Rome.

178 Autre, plus petite et à couverte brune. Décor : buste de Minerve, à g. — Rome.

179 Lampe : cheval sellé, galopant à g., sur une estrade. Couverte jaune. — Rome.

180 Lampe : colombe perchée sur un rameau. — Rome.

181 Lampe : Victoire, de face sur un globe; sa main gauche tient une palme, l'autre une couronne. Poinçon en creux : C MAR(ius) EVP(repes). Couverte rouge. — Naples.

182 Lampe : Hercule combattant l'hydre de Lernes. Poinçon en creux : HERMÆI (?). — Rome.

183 Lampe : Masque scénique de la Comédie. Poinçon en relief : MYRO. — Naples.

184 Lampe : Priape jeune, coiffé de la mitre, chaussé de bottines et portant des fruits dans le pli de sa tunique. Terre pâle.

185 Lampe : sujet érotique, le lit orné d'un chénisque. Couverte brune.

186 Lampe en forme de pomme de pin ; terre pâle. — Trouvée en Grèce. — L. 95 millim.

187-188 Lampe à deux becs ; décor géométral, anse cannelée, couverte noire. Poinçon en creux : ANT. Rome. — Autre, en terre rouge commune ; rosace sur la cuvette. Achetée à Pouzzoles.

189 Lampe chrétienne : chrismon entouré des douze têtes d'apôtres. Au revers, un fleuron imprimé. Terre pâle. — Rome.

190 Mascaron de Silène (vernis noir) ; décor d'un vase de beau style grec. — Grande-Grèce. — H. 52 millim.

191 Joli mascaron de Bacchus barbu, couronné de lierre en fleur, de pampres et de raisin. — Décor de vase (vernis rouge). — Grande-Grèce. — H. 5 cent.

192 Fragments de vases d'Arezzo et de vases gallo-romains sigillés. Sur un morceau de fabrique arrétine, on lit le nom propre C·ANNI ; les autres fragments représentent une chasse, Vénus anadyomène, Apollon citharède, etc. — Trouvés au temple de Mercure (Puy-de-Dôme) et à Clermont-Ferrand.

TERRES CUITES

193 Idole de style primitif, figurant une déesse drapée et coiffée d'un calathus. Le corps, qui forme un rectangle plat et s'évase dans le bas, est couvert d'un peplos

brodé; les bras sont réduits à deux pointes saillantes; de la tête on ne voit qu'un nez énorme, encadré dans une ténie peinte et de longs cheveux bouclés. — Tanagra.

Terre pâle, peinture noire et rouge. — H. 15 cent.

194 Idole de même style, le corps plat et arrondi, la tête à physionomie d'oiseau, les yeux et les seins en pastillage, les jambes remplacées par un petit cylindre qui s'évase vers le bas. Des lignes ondulées, peintes en noir (passé au rouge) sur toute la figurine, simulent un chiton de laine. — Attique. — H. 10 cent.

195 Déesse d'ancien style, coiffée d'un calathus et vêtue d'un peplos qui laisse à découvert le sein gauche avec l'avant-bras droit replié sur la poitrine, et le bras gauche pendant le long du corps. La main gauche relève le peplos, dont les plis se terminent par un froncis triangulaire; l'autre main semble tenir un fruit ou une fleur. On donne à ces figurines le nom de *Spes* (l'Espérance); Cicéron les appelait *Bona Fortuna*. Les cheveux, frisés en bouclettes sur le front, retombent sur la nuque en étages qui rappellent le klaft égyptien. — Égine?

Vente Piot (1870), n° 175.

Terre pâle, revers uni, base quadrangulaire adhérente. — H. 15 cent.

196 Tête de déesse chypriote, avec bandeau frontal, couronne de feuilles, voile, diadème et boucles d'oreilles. Le diadème est cannelé, orné de petits disques à sa base, et de dentelures à son sommet. — Beau style.

Vente Piot (1870), n. 215.

Haut., 6 cent.

197 Terre cuite dorée. — Vénus debout près d'un tronc d'arbre couvert d'une draperie. Posée de face, entièrement nue, elle détourne un peu la tête; sa main droite abaissée

tient une coquille à parfums, sa main gauche retient la ceinture (le *kestos*) passée autour du buste, sous les mamelles. C'est une figurine de la fabrique de Smyrne, délicatement modelée et toute couverte de dorure. Les cheveux, noués en corymbes au sommet de la tête, retombent en chignon sur la nuque du cou. La jambe gauche s'avance un peu sur l'autre. — Beau style.

Publiée par M. Frœhner, *Terres cuites d'Asie*, p. 49 (pl. 21).

Terre pâle, base carrée, à deux degrés. — H. 11 cent.

198 Terre cuite dorée. — Amour et Psyché, debout et se tenant enlacés. Ce petit groupe, placé sur une base carrée et moulurée, est du même style et de même provenance que la figurine précédente. L'Amour est presque un enfant, sans draperie, avec de grandes ailes de cygne, les cheveux noués sur le front. Il touche de sa main droite le sein de Psyché. Celle-ci le regarde en souriant. Parée de boucles d'oreilles, le buste à découvert, elle retient de sa main gauche le manteau noué autour des hanches. Elle aussi a des ailes d'oiseau.

Publiée par Fr. Lenormant, *Revue arch.*, mars 1879, et par M. Frœhner, *Terres cuites d'Asie*, p. 50 (pl. 21). — Collignon, *Mythe de Psyché*, p. 379.

Haut., 11 cent.

199-201 Trois petites têtes : l'une d'un enfant, l'autre d'une femme; la troisième est une tête grotesque. — Smyrne.

202 Vieux Silène portant une jeune fille sur son dos. — La jeune fille, parée de boucles d'oreilles, n'est vêtue que d'un chiton blanc, qui laisse à découvert le sein gauche et les bras. Elle est assise sur le dos du Silène avec une aisance charmante, les mains posées l'une sur l'autre. Le porteur marche en haletant, le dos courbé, les épaules couvertes d'une écharpe. Beau style. — Tanagra.

Ton de chair, blanc et rouge. — H. 11 cent.

203 Enfant nu, assis sur un cheval blanc et jouant de la lyre en retournant sa tête en arrière. Le cheval va au pas; sa chabraque est peinte en jaune et recouverte, en partie, par la chlamyde rose du cavalier. Beau style et modelé très fin. — Tanagra.

Vente Lecuyer, n° 189 (vignette, p. 33).

Ton de chair, etc. — H. 8 cent.

204-205 Deux jolis petits Amours ailés, de Tanagra. L'un, couronné de feuilles de lierre et de corymbes dorés, porte sur son bras gauche un coffret ouvert; des traces de dorure sont visibles sur ses ailes et sur le couvercle du coffret. L'autre, couronné d'un strophium blanc et or, tient à la main droite levée une pomme d'or. Tous les deux ont leurs chlamydes pliées en écharpe et nouées autour des reins. — Très beau style.

Ton de chair, bleu, blanc et rouge. Trous de suspension. — H. 7 cent.

206 Masque de Satyre vieux, la barbe, les moustaches et les sourcils peints en blanc, les cheveux hirsutes, les yeux à fleur de tête, la bouche ajourée. — Style du ve siècle. — Tanagra.

Vente Lecuyer, n° 292.

Ton de chair d'un rouge vif. — H. 107 millim.

207 Jeune femme de Tanagra, drapée et coiffée d'un foulard épais qui se rabat en arrière. Le bras gauche sur la hanche, l'autre sur la poitrine, elle s'enveloppe étroitement de son manteau, dont les plis sont fouillés profondément et disposés avec le plus grand art. La figurine est d'un style très pur, finement coloriée, et donne une idée parfaite des terres cuites tanagréennes.

Ton de chair, blanc, bleu et rouge. — Base plate. — H. 22 cent.

208 Jeune femme drapée et voilée, tenant à la main droite abaissée un éventail en forme de feuille. Elle porte le

costume béotien : un chiton long, à plis droits, et un manteau qui cache les bras et les mains. Le visage est très beau et soigneusement modelé et colorié ; les cheveux, divisés par des raies parallèles, descendent en boucles sur les épaules. — Béotie.

Base demi-circulaire, à deux degrés ; peinture usuelle, trou d'évent énorme et de forme oblongue. — H. 26 cent.

209 Jeune fille debout, vêtue d'un chiton talaire et d'un manteau (rose tendre), que la main droite resserre sur la poitrine. Les cheveux sont ceints d'une bandelette et retombent en chignon sur le cou. — Beau style tanagréen.

Catalogue Gobineau, p. 33, n° 92 (pl. III, 3).

Coloration usuelle, base plate. — H. 24 cent.

210 Jeune fille assise, de face, sur un rocher, à côté d'un jeune Satyre qui se tourne vers elle, en la retenant par le bras et en lui prenant la main. Le Satyre porte un chiton court, avec ceinture et manches courtes, ce qui fait supposer que la scène se passe au séjour des bienheureux. La jeune fille est drapée dans un chiton blanc et un manteau rose, étendu sur les jambes, et dont elle soulève un pan en repliant le bras. — Tanagra.

Vente Lecuyer, n° 179.

Peinture usuelle, base plate. — H. 152 millim.; L. 11 cent.

211 Jeune Tanagréenne à la promenade. La tête baissée légèrement, elle s'avance vers le spectateur ; sa main gauche tient un éventail, sa main droite relève le manteau pour qu'il n'entrave pas sa marche. Cheveux disposés en bandeaux parallèles et noués en chignon ; boucles d'oreilles. — Beau style.

Peinture usuelle, le manteau bleu. Base plate. — H. 165 millim.

212 Jeune fille assise, de face, sur un rocher, et détournant la tête. Elle n'est vêtue que d'un chiton blanc, sans manches, serré à la taille et agrafé sur les épaules ; le manteau, peint en bleu, s'enroule autour du bras gauche. — Tanagra.

Peinture usuelle, base plate. — H. 15 cent.

213 Groupe figurant deux jeunes époux, debout et de face et se tenant enlacés. L'homme porte dans sa main gauche un rouleau, le contrat de mariage ; la femme n'est pas voilée, mais une large bandelette entoure ses cheveux. Sur les sarcophages romains, on voit souvent le même groupe, un peu modifié ; notre terre cuite prouve que les Romains n'ont fait que copier ou adapter à leurs usages une œuvre d'art grecque. — Béotie.

Peinture usuelle ; le manteau du mari était colorié en rose, celui de la femme en bleu tendre. — H. 16 cent.

214 Jeune homme accoudé sur un cippe. Il est vêtu de la chlamyde éphébique, couronné d'un strophium, et porte à sa main droite un petit vase à huile et un strigile. — Tanagra.

Coloration usuelle, base plate. — H. 18 cent.

215 Jeune fille de Tanagra, debout, le buste nu, le bras gauche sur la hanche, la main droite tenant un éventail.

Ton de chair, etc. — H. 18 cent.

216 Fillette drapée dans un chiton et un manteau rose. Debout et de face, elle tourne la tête vers une grappe de raisin qu'elle tient à la main droite. Ses cheveux sont bouclés et parés d'un bijou ovale, qui porte des traces de dorure. — Tanagra.

Manteau rose, etc. Base plate. — H. 14 cent.

217 Jeune Tanagréenne, assise de face sur un rocher, et tenant à sa main droite un chapeau rond et plat. Sa tête, coiffée d'un foulard bleu (*sphendoné*), se détourne un

peu du spectateur, ses jambes se croisent, son bras droit est nu. Elle a pour costume un chiton blanc et un manteau rose, bordé et doublé de bleu; les plis du vêtement sont tracés et modelés de main de maître. — Beau style; conservation parfaite du coloris antique.

Base plate. — H. 14 cent.

218 Petit garçon nu, allant vers la gauche. Sa main droite pendante et son bras gauche replié soutiennent une chlamyde blanche sur laquelle se détache la figurine. — Tanagra.

Vente Paravey, n° 279.

Ton de chair, etc. Base plate. — H. 13 cent.

219 Jeune fille drapée, les bras et les mains cachés sous l'himation, les cheveux disposés en bandeaux parallèles et tressés en couronne autour de l'occiput. — Tanagra. — H. 115 millim.

Première vente Rayet, n° 95.

220 Acteur comique, assis de face sur une pierre, la tête baissée comme s'il réfléchissait, la main droite à la bouche, l'autre tenant un diptyque. — Tanagra.

Peinture usuelle. — H. 108 millim.

221 Acteur comique chantant et jouant de la lyre à quatre cordes. Il est couronné de laurier. — Tanagra.

Vente Lecuyer, n° 245.

Peinture bien conservée. — H. 98 millim.

222 Petit garçon marchant vers la g. Il est vêtu d'un chiton court, coiffé d'un strophium, et tient à sa main gauche abaissée un pan du manteau qui traîne derrière lui. — Tanagra. Peinture usuelle. — H. 114 millim.

223 Europe assise sur un taureau nageant. — Tanagra. — H. 10 cent.

224 Acteur comique (*phlyaque*), debout et les mains jointes sur le ventre. — Tanagra. — H. 10 cent.

Vente Lecuyer, n° 211.

225 Silène accroupi, les coudes posés sur les genoux, et les mains aux tempes. Il est nu, mais chaussé de bottines et coiffé d'un bonnet. — Modelé très fin. — Grande-Grèce.

Vente Piot (1870), n. 191.

Terre pâle. Double trou de suspension.—H. 48 millim.

226 Pluton assis sur un trône et posant sa main droite sur la triple tête de Cerbère. Le dieu est coiffé d'un calathus, et le trône, à dossier élevé, a pour décor une double palmette. — Rome. — H. 11 cent.

227 Femme drapée et voilée. — Italie. H. 16 cent.

228 Masque de chien, le cou pris dans un collier orné d'annelets et d'une clochette. — Rome. — H. 10 cent.

229 Masque tragique, paré d'un bandeau frontal et de lierre en fleur. Cheveux en tire-bouchons, la bouche et les yeux ajourés. — Rome. — H. 20 cent.

230-231 Deux mascarons de Méduse, d'ancien style, les yeux fermés et la langue pendante. — Capoue. — H. 68 et 60 millim.

232-234 Trois petits masques scéniques, dont deux trouvés à Tanagra.

235 Deux empreintes de pierres gravées; monogrammes au revers (Tarente).

236 Moule de faux monnayeur (tête de Maximien). ℟. GENIO IMPERATORIS.

TERRE ÉMAILLÉE

(*Figurines et scarabées égyptiens.*)

237-238 Deux statuettes funéraires (*oushebti*), à émail vert pâle.

Socles en granit et en brèche. — H. 18 et 20 cent.

229 Autre, portant le nom d'un Psammétik (26e dynastie). — Vente Posno, n° 507. — H. 18 cent.

240-241 Deux statuettes funéraires, revêtues d'un bel émail bleu turquoise.

242 Autre, de style très ancien. Émail bleu à rehauts bruns.

243 La déesse Thouëris (hippopotame), tenant devant elle le signe *sa*. — Vente Posno, n° 743. — Émail vert. H. 85 millim.

244 Sekhet, la déesse à tête de lionne. — Vente Sabatier, n° 412. — Émail vert. H. 75 mill.

245 La même, assise. — Émail vert. — H. 6 cent.

246 Thot, le dieu à tête d'ibis. — Vente Sabatier, n. 439. — Émail vert. H. 44 millim.

247 Thouëris, à corps d'hippopotame. — Émail vert. H. 52 millim.

248 Le dieu Noum, à tête de bélier. — Émail vert. H. 44 millim.

249 Sekhet debout. — Émail vert. H. 47 millim.

250 Shou agenouillé, soutenant le monde. — Émail vert. H. 31 millim.

251 Douze petites figurines émaillées : Isis, assise et debout, Thot, Nofré-Toum, Ptah embryon, Horus l'aîné, à tête d'épervier, Horus jeune, Anubis, Anhour et Bes.

252 Triade égyptienne (Horus entre Isis et Nephthys). — Émail vert. H. 35 millim.

253 Insignes : deux *tat* et une situle.

254 Cinq scarabées portant des cartouches royaux.

255 Huit scarabées égyptiens dont la plupart portent des légendes hiéroglyphiques.

VERRERIE

256 Balsamaire fusiforme, en pâte opaque brune, incrustée de plumes et de spirales en pâte blanc laiteux. — H. 15 cent.

257 Balsamaire cylindrique en pâte brune, incrustée de chevrons alternativement jaunes et blancs. — Trouvé en Grèce. — H. 10 cent.

258 Autre, en pâte opaque blanche; filets et chevrons bruns. — H. 93 millim.

259 Balsamaire en pâte bleue (patine grisâtre); panse cannelée, couverte de chevrons incisés. — H. 11 cent.

260 Petit balsamaire cannelé; pâte brune, incrustations jaunes. — Attique. H. 77 millim.

261 Amphorisque en pâte brune, le haut de la panse côtelé et incrusté de chevrons blancs et jaunes; le tour de l'orifice, le col, l'épaule et la base sont cerclés de fils blancs. — Attique. — H. 9 cent.

262 Autre, pointu par le bas; décor similaire. — Grande-Grèce. — H. 78 millim.

263 Flacon pomiforme en pâte bleue translucide, incrustée de chevrons et de filets jaunes et bleu pâle. — Grèce. — H. 65 millim.

264 Flacon phénicien en pâte vert de mer, très épaisse. Irisation métallique. — H. 14 cent.

265 Pyxis en verre jaune, avec son couvercle. — Diam. 56 à 85 millim.

266 Petit flacon en forme de datte sèche; pâte jaune d'ambre. — Chypre. — H. 75 millim.

267 Flacon piriforme en verre bleu cobalt. — H. 75 millim.

268 Autre, en forme de barillet ; même pâte, plus épaisse. — H. 68 millim.

269 Flacon piriforme en verre blanc ; irisation à reflets métalliques. — Chypre. — H. 7 cent.

270 Flacon à panse surbaissée, le col très large. Pâte blanche, irisation nacrée. — Chypre. — H. 62 millim.

271 Belle coupe côtelée en verre blanc. — Chypre. — D. 116 millim.

272 Verre à boire ; pâte blanche, irisation argentée. — H. 65 millim.

273 Petit flacon bursiforme ; verre blanc, irisation argentée, très belle. — Chypre. — H. 8 cent.

274 Sept flacons en verre blanc (Chypre), de formes variées.

275 Très petit flacon à parfums ; panse pomiforme à deux étages ; verre blanc, irisation nacrée. — H. 46 millim.

276 Autre, à long col ; irisation dorée. — H. 47 millim.

277 Figurine égyptienne, coiffée du klaft. Pâte noire.

278 Masque de Méduse (beau style) ; verre verdâtre.

279 Anneaux, perles et cylindres en verre multicolore (Arezzo). — Fragments de vases et de revêtements de murs en verre multicolore et en verre blanc ; boutons (pions de jeu), etc. — Rome.

BRONZES

I. *Egypte.*

280 Isis assise, avec le jeune Horus sur ses genoux. Vêtue d'une robe longue, et parée d'un collier et de bracelets, la déesse porte la main droite à l'une de ses mamelles. Elle a pour coiffure le klaft avec l'uræus, et le disque

entre les cornes. L'enfant Horus porte une amulette au cou. — Beau style.

Patine verte, socle en marbre rouge et noir. — H. 21 cent.

281 Ptah debout sur une base précédée d'un escalier à six marches. Il est enveloppé comme une momie et tient dans ses deux mains un sceptre-coudée. Légende hiéroglyphique sur la base. — Très beau style.

Vente Posno, n° 185.

Haut., 19 cent.

282 Sekhet, la déesse à tête de lionne, assise et vêtue d'une robe collante. — Vente Posno, n° 231. — H. 14 cent.

283 La même, debout, les bras collés au corps, la tête surmontée du disque solaire avec l'uraeus. — Vente Paravey, n° 334.

Socle en jaune de Sienne. — H. 145 millim.

284 Anhour, dans l'attitude de la marche. Il est vêtu d'une longue robe et porte une perruque ornée de l'uraeus et surmontée de plumes — H. 17 cent.

285 La déesse Beset, à tête de chatte, portant un panier et l'égide. — Vente Posno, n° 241. — H. 85 millim.

286 Le bœuf Apis, coiffé du disque à l'uraeus et paré d'un collier, d'un scarabée éployé et d'une chabraque quadrillée et ponctuée.

Socle en jaune de Sienne. — H. 9 cent.

287 Roi agenouillé, coiffé de la couronne blanche et tenant dans chaque main une offrande. — Vente Sabatier, n° 9.

Socle en jaune de Sienne. — H. 84 millim.

288-290 Ammon armé d'une lance. — Harpocrate assis sur une fleur de lotus et tenant une corne d'abondance. — Khem tenant le fléau. — Coll. Posno, n°s 117, 609 et 118. — H. 40 à 73 millim.

II. *Phénicie.*

291 Baal-Khammon assis sur un trône à dossier élevé. Il est barbu et vêtu d'un long chiton ; ses tempes sont munies de cornes de bélier, et ses bras reposent sur les montants du trône, ornés de deux béliers. — H. 26 millim.

III. *Ombrie.*

292 Guerrier casqué et cuirassé, les bras avancés symétriquement. Style presque rudimentaire, le buste en forme de cylindre, les jambes écartées et armées de cnémides, le casque très allongé.
Patine verte. — H. 25 cent.

293 Autre, en posture de combat, la jambe gauche avancée et le bras droit levé. Casque muni d'une *crista* énorme ; cuirasse et casque tout couverts de dessins géométriques. — H. 19 cent.

294-296 Trois figurines semblables, dont l'une armée d'une lance.
Socles en jaune de Sienne. — H. 12 à 8 cent.

297 Tête d'un guerrier casqué, le casque orné de ciselures.
Socle en jaune de Sienne. — H. 45 millim.

298 Hercule jeune combattant, le bras droit levé et brandissant une massue, l'autre avancé et soutenant la peau de lion. La main gauche tient un arc.
Socle en jaune de Sienne. — H. 13 cent.

299-300 Variantes du même motif; 2 pièces.
Socles en jaune de Sienne. — H. 10 cent.

IV. *Étrurie.*

301 Femme drapée et diadémée, le buste de face, les jambes

tournées à dr. Corps aplati, bras pendants et écartés du corps.

Socle en jaune de Sienne. Patine rugueuse. — H. 22 cent.

302 Femme drapée et voilée, tenant une patère à la main droite. Revers concave et uni.

Socle en jaune de Sienne. — H. 11 cent.

303 Femme drapée et diadémée, tenant une patère et un aryballe. Corps plat.

Socle en jaune de Sienne. — H. 10 cent.

304-306 Figurines du même style : Femme coiffée d'un bonnet pointu. — Femme drapée et diadémée. — Enfant couronné de lierre et tenant une patère et une boîte à encens.

307-309 Ephèbe nu (ancien style) et deux figurines de style primitif, un homme et une femme, presque sans relief.

310-312 Un taureau, une vache et un chien (style primitif).

313 Hercule jeune, coiffé de la peau de lion, le bras gauche avancé, l'autre levé et brandissant la massue. Jolie patine vert pâle.

Socle en jaune de Sienne. — Pieds brisés. — H. 10 cent.

314 Minerve combattant, le bras droit levé et le pied gauche avancé. La déesse porte un casque à grand cimier ciselé, l'égide et un peplos. — Patine verte.

Vente Bammeville (1881), n° 8.

Socle en jaune de Sienne. — H. 16 cent.

315 Guerrier armé d'un bouclier rond et brandissant son javelot. Il porte un casque, dont les mentonnières sont rabattues, une cuirasse et des cnémides. — Patine verte.

Socle en brèche. — H. 11 cent.

316 Même motif, sans le bouclier, la cuirasse ciselée. — Cortona. — H. 9 cent.

317 Jeune guerrier casqué, mettant sa cuirasse.

Base en marbre rouge et en jaune de Sienne. — H. 86 millim.

318 Autre, le bras droit levé; casque, chlamyde sur le dos, ceinture.

Socle en jaune de Sienne. — La jambe gauche et le pied droit manquent. — H. 75 millim.

319 Ephèbe nu, debout, les bras abaissés symétriquement, les cheveux bouclés et retombant en chignon sur la nuque. — Jolie patine.

Socle en jaune de Sienne. — H. 14 cent.

320-322 Variantes du même sujet, 3 p. — H. 77 à 96 millim.

323 Homme nu et imberbe, debout dans l'attitude d'un orateur, la chlamyde sur l'épaule gauche, la jambe gauche avancée. Le corps est d'un très beau modelé, les bords de la draperie sont finement ciselés, et la patine a une jolie couleur vert pâle. Les bras se replient symétriquement, l'un pour soutenir la draperie, l'autre pour s'appuyer sur une haste (perdue).

Socle en jaune de Sienne. — La main gauche avec la moitié de l'avant-bras manque. — H. 144 millim.

324 Éphèbe nu, debout, la chlamyde en écharpe autour des reins; sa main gauche tient un pied de cheval (?). — Patine verte.

Base antique, cylindrique et moulurée. — L'avant-bras droit manque. — H. 176 millim.

325 Jeune homme dans l'attitude de la prière, le buste nu. — Patine verte. — Cortona. — H. 70 millim.

326 Adorant coiffé d'un chapeau conique et vêtu d'une tunique courte qu'il saisit de la main gauche. Ses cheveux descendent sur le dos jusqu'à la ceinture.

Base antique plate. — H. 10 cent.

327 Femme diadémée (d'ancien style), vêtue d'une robe collante qu'elle saisit de la main gauche, la main droite ouverte et tendue en avant. Chaussures à la poulaine. Patine verte.

Socle en jaune de Sienne. — H. 107 millim.

328 Enfant drapé, couronné de fleurs, portant une bulle au cou et un œuf dans la main gauche. Attitude de la prière. Très belle patine verte. Annelets poinçonnés sur le chiton et sur les bords du manteau.

Socle en jaune de Sienne. — H. 78 millim.

329 Amour enfant, debout à g., le genou droit fléchi, la main gauche sur la hanche.

Socle en jaune de Sienne. — Patine rugueuse. — H. 64 millim.

330 Silène couché dans l'attitude des convives, les jambes croisées, la main droite sur le genou. Barbe en éventail. Beau style archaïque, mais patine rugueuse. — H. 28 millim.

331 Cerbère assis. — Cortona.

Base en jaune de Sienne. — L'une des têtes latérales manque. — H. 38 millim.

V. *Bronzes d'art latin.*

332 Poignée de ciste. — Satyre et Nymphe, debout aux deux extrémités d'une lamelle de bronze découpée. Le Satyre, paré d'une armille et d'une guirlande, qu'il porte en sautoir sur la poitrine, se tourne vers la Nymphe. Celle-ci avance le bras droit, et la paume de sa main touche la paume du Satyre.

Socle en jaune de Sienne. — H. et L. 10 cent.

333-334 Deux pieds de ciste. — Amour enfant, agenouillé; Amour debout, les jambes croisées, la tête coiffée d'un bonnet troyen, le bras gauche levé et enveloppé d'une chlamyde.

Socles en jaune de Sienne. — H. 67 et 68 millim.

VI. *La Grèce et Rome.*

335 Déesse de style très ancien, la tête allongée, les bras étendus symétriquement et déployant un manteau sur lequel se détache le corps façonné en colonnette et vêtu d'un double chiton. Les mains sont informes; trois rangs de hachures droites ornent le côté extérieur du manteau. — H. 12 cent.

336 Jeune discobole debout, la main gauche avancée, l'autre abaissée et tenant le disque. — Beau style grec.

Base antique ronde et socle en jaune de Sienne et en marbre noir. — H. 10 cent.

337 Éphèbe grec, debout et de face, la main droite ouverte et avancée vers le spectateur, le bras gauche pendant. Cheveux courts, jambe gauche fléchie. — Beau style et belle patine verte.

Socle en jaune de Sienne. — Main gauche brisée. — H. 18 cent.

338 Mercure, de beau style grec. Debout, la chlamyde sur l'épaule gauche, le dieu tient à la main droite abaissée une bourse; l'autre main tenait le caducée. Tête ailée, jambe droite fléchie. — Patine des tourbières.

Vente Fillon, n° 4.

Socle en jaune de Sienne. — H. 125 millim.

339 Vénus nue et diadémée, debout et relevant sa jambe gauche pour délier le lacet de la sandale. — Beau style grec. — Trouvée en Auvergne.

Socle en jaune de Sienne. — H. 124 millim.

340 Vénus anadyomène debout et tenant dans chaque main

une natte de ses cheveux pour en exprimer l'eau. — Belle figurine de style grec. Patine verte.

Ventes Pourtalès et Bammeville (1881), n° 44.

Socle en porphyre. — H. 17 cent.

341 Jolie statuette de Vénus nue, la tête tournée légèrement vers la droite du spectateur, les cheveux noués en krobyle, la jambe droite fléchie.

Les bras, parés d'armilles, avaient été fondus à part et manquent. — Patine noire.

Trouvée en Égypte. — Vente Posno, n° 561.

Socle en jaune de Sienne. — H. 22 cent.

342 Vénus de Syrie, coiffée d'un grand diadème dentelé. Nue, debout et fléchissant le genou droit, elle lève les deux mains comme si elle tenait une guirlande ou une bandelette. — Beau style de l'époque hellénistique, patine noire.

Trouvée en Égypte. — Vente Posno, n° 559.

Socle en jaune de Sienne. — H. 26 cent.

343 Genius romain, sacrifiant. — Il a les traits d'un des jeunes princes de la famille d'Auguste. Couronné de laurier, la poitrine, le bras droit et les pieds nus, il s'avance vers le spectateur ; sa main droite tient une patère ombiliquée, tandis que sa main gauche est fermée. — Beau style, patine noire.

Vente Charvet, n° 1809.

Socle en albâtre fleuri. — H. 22 cent.

344 Éphèbe grec, nu, debout et fléchissant le genou gauche.

La tête se détourne un peu, le bras droit s'avance vers le spectateur, l'autre est pendant. — Jolie patine vert pâle.

Socle en jaune de Sienne. — Les mains et la moitié de l'avant-bras gauche manquent. — H. 18 cent.

345 Hercule barbu, coiffé d'une couronne de peuplier à larges

lemnisques, la peau de lion et la massue au bras droit, une tasse à deux anses dans la main. -- Acheté à Naples.

Socle en jaune de Sienne. — H. 15 cent.

346 Éphèbe grec, vêtu d'une chlamyde qui laisse à découvert la poitrine et le bras droit abaissé. La main gauche tient une pomme ou une balle; les cheveux forment un bourrelet qu'on ne voit que dans la sculpture archaïque; les yeux sont argentés et les mamelles aussi étaient incrustées d'argent. — Acheté à Naples. — Beau style.

Socle en jaune de Sienne. — Les pieds manquent. — H. 12 cent.

347 Hercule jeune, coiffé de la peau de lion. Sa main droite s'appuie sur une massue, l'autre tient une patère. — H. 105 millim.

348 Genius d'un empereur (Antonin le Pieux), voilé, une corne d'abondance au bras gauche, dans la main droite une patère à sacrifice.

Base antique et socle en marbre rouge et noir. — H. 97 millim.

349 Vénus debout sur sa base antique, dans l'attitude de la Vénus de Médicis. — Patine verte.

Socle en jaune de Sienne. — H. 103 millim.

350 Jupiter debout, lauré, le manteau sur l'épaule gauche, un sceptre au bras gauche et le foudre à la main droite abaissée. Réplique d'un bon original grec. — Patine verte rugueuse.

Base antique ronde. Socle en jaune de Sienne. — H. 114 millim.

351 Personnage grec (dit Aristide), drapé dans son manteau. Socle en porphyre. — H. 103 millim.

352 Jeune femme voilée, debout et le bras gauche sur la hanche. — Trouvée en Auvergne.

Socle en jaune de Sienne. — H. 10 cent.

353 Soldat romain, casqué, cuirassé et sonnant de la trompette. Socle en jaune de Sienne. — H. 10 cent.

354 Bacchus jeune, couronné de lierre en fleur, la nébride sur la poitrine, le thyrse au bras gauche et une grappe de raisin à la main droite abaissée. Base antique.

Vente Paravey, n° 301.

Socle en brèche et en jaune de Sienne. — H. 65 millim.

355 Minerve, le casque entouré d'une couronne de laurier, le bras gauche levé (pour tenir une lance), la main droite pendante et tenant un fruit.

Socle en jaune de Sienne. — La main gauche manque. — H. 84 millim.

356 Jupiter debout, nu, le manteau sur l'épaule, le foudre à la main droite abaissée, le bras gauche levé (pour s'appuyer sur un sceptre). Patine verte.

Socle en jaune de Sienne. — H. 97 millim.

357 Buste de Silène, couronné de lierre en fleur, la tête tournée à g., une nébride sur la poitrine. — Décor de meuble, beau style grec.

Socle en jaune de Sienne. — Patine verte rugueuse. — H. 8 cent.

358 Minerve tenant dans sa main gauche avancée une chouette. Le bras droit de la déesse tenait une lance, le masque de Méduse de l'égide est ailé. Réplique d'un original grec. — H. 8 cent.

359 Géta enfant, en costume d'imperator, le bras droit levé. — H. 9 cent.

360 Hercule barbu, tenant une coupe dans la main droite avancée et levant le bras gauche comme s'il s'appuyait sur une haste. Les pattes de la peau de lion, dont il est coiffé, se croisent sur la poitrine. — Figurine intéressante. Patine noire.

Vente Paravey, n° 306.

Les pieds manquent. — H. 84 millim.

361 Jeune fille vêtue d'une tunique sans manches, les bras avancés parallèlement et tenant une pomme et une patère.

Socle en jaune de Sienne. — H. 9 cent.

362 Empereur romain (Nerva?), drapé dans sa toge.

Socle en jaune de Sienne. — La main gauche et l'avant-bras droit manquent. — H. 86 millim.

363 Neptune debout, portant un dauphin sur le bras droit avancé ; son bras gauche s'appuyait sur un trident. — Grèce.

Socle en jaune de Sienne. — H. 8 cent.

364 Dieu lare, tenant une patère et une corne d'abondance. Base antique. — H. 7 cent.

365 Autre, marchant sur la pointe des pieds et tenant à la main droite levée un rhyton (terminé par une tête de dauphin).

Socle en jaune de Sienne. — La main gauche manque. — H. 9 cent.

366 Minerve *promachos*, en attitude de combat, la jambe gauche portée en avant. L'égide qui recouvre son peplos descend sur le dos jusqu'aux genoux. Bouclier rond au bras gauche, bras droit levé. — Rome. — H. 75 millim.

367 Acteur comique récitant son rôle. Vêtu d'une tunique, il allonge son bras droit. Patine noire. Base antique. — Naples.

Socle en marbre blanc. — H. 86 millim.

368 Hercule imberbe, la massue et la peau de lion au bras gauche, à la main droite un canthare. — Rome.

Socle en jaune de Sienne. — H. 8 cent.

369 Femme drapée et diadémée ; sa main droite avancée tenait une patère à libation, l'autre tient un gâteau. — Rome.

Socle en jaune de Sienne. — H. 75 millim.

370 Bacchus (?) enfant, nu, le bras droit replié et ramené sur la poitrine. — Rome.

Socle en jaune de Sienne. — Le bras gauche manque. — H. 74 millim.

371 Hercule jeune combattant. — Rome.

Socle en jaune de Sienne. — H. 78 millim.

372 Jupiter debout, lauré, la chlamyde sur les épaules, le bras gauche levé. — Grèce.

Socle en jaune de Sienne. — H 7 cent.

373 Muse assise, jouant de la lyre. — Applique. — Rome.

Support en jaune de Sienne. — H. 6 cent.

374 Empereur romain en pontife maxime.

Socle en jaune de Sienne. — H. 9 cent.

375 Diane chasseresse tirant une flèche de son carquois et tenant à la main gauche abaissée une tête de faon. — Rome.

Socle en jaune de Sienne. — H. 62 millim.

376 Enfant nu, assis sur une pierre, les jambes croisées, la main droite tendue en avant. — Naples.

Socle en jaune de Sienne. — Patine rugueuse. — H. 5 cent.

377 Enfant personnifiant l'Automne, une grappe de raisin à la main droite, la tunique relevée et remplie de fruits. — Chiusi.

Socle en jaune de Sienne. — Jambe gauche brisée. — H. 57 millim.

378 Victoire enfant sur un globe, les ailes redressées, une couronne à la droite levée.

Socle cylindrique en jaune de Sienne. — H. 53 millim.

379 Joli buste de Minerve, l'égide sur la poitrine, le cimier du casque (corinthien) supporté par un sphinx, les yeux incrustés d'argent. — Style grec.

Cat. Durand, n. 1922. — Vente Paravey, n. 293. Haut. 7 cent.

*

380 Mercure tenant un caducée et une bourse; tête ailée et diadémée. — Grèce.
Socle en jaune de Sienne. — H. 7 cent.

381 Variante du même sujet, le caducée ailé, la main droite brisée. — Rome.
Même socle. — H. 64 millim.

382 La Fortune, coiffée d'un boisseau et tenant le gouvernail et la corne d'abondance. — Rome.
Socle en jaune de Sienne. — H. 6 cent.

383 Autre, voilée et sans le boisseau. — Rome. — H. 59 millim.

384 Enfant assis sur un panier renversé et tenant une colombe et une grappe de raisin. — Rome.
Socle en jaune de Sienne. — H. 55 millim.

385 Éphèbe nu, le manteau en écharpe sur l'épaule gauche, le bras gauche sur la hanche, l'autre appuyé sur une haste (brisée). Base antique. — Rome. — H. 8 cent.

386 Triton faisant une libation; sa main droite tient une patère, l'autre, levée, une aiguière. — Rome.
Socle en brèche. — H. 57 millim.

387 Harpocrate, coiffé d'un petit pschent, l'index de la main droite à la bouche, une corne d'abondance au bras gauche qui s'appuie sur une colonnette; à ses pieds, un chien assis. — Rome.
Socle en jaune de Sienne. — H. 57 millim.

388 Amour ailé, debout sur une base; sa main droite abaissée tient un flambeau, de l'autre il presse un papillon sur sa poitrine. — Égypte. — H. 78 millim.

389 Buste de Minerve, coiffée d'un casque corinthien, les yeux incrustés d'argent. — Beau style grec et belle patine noire. — H. 44 millim.

390 Tête de femme, les cheveux noués en krobyle. Patine verte. — Asie Mineure. — H. 33 millim.

391-392 Deux petites Victoires en bronze doré. — Grèce.
Socles en jaune de Sienne. — H. 45 millim.

393 Cheval courant. — Naples. — H. 46 millim. — L. 7 cent.

394 Truie, trouvée à Rome.
Socle en jaune de Sienne. — H. 32 millim.

395 Coq. — Acheté à Naples. — H. 78 millim.

396-397 Masque de lion et tête de taureau (décors de meuble).

VII. *Bronzes gallo-romains.*

398 Mercure vêtu de sa chlamyde, coiffé d'un chapeau ailé, et chaussé de sandales ailées. Sa main gauche tenait le caducée, l'autre tient une bourse ; ses yeux sont incrustés d'argent. Jolie patine vert pâle. — Acheté à Lyon.
Socle en jaune de Sienne. — H. 13 cent.

399 Hercule imberbe, la peau de lion et la massue au bras gauche, le bras droit sur la hanche. Patine verte. — Lyon.
Socle en jaune de Sienne. — H. 10 cent.

400 Légionnaire romain, cuirassé, la main droite au casque, l'autre sur le pommeau de l'épée. — Lyon. — H. 85 millim.

401 Personnage romain, imberbe, drapé dans la toge ; sa main droite avancée tenait une patère à libations. — Lyon.
Socle en jaune de Sienne. — H. 9 cent.

402 Mercure gallo-romain, trouvé à Vienne (Isère). — Chapeau ailé, bourse à la main droite abaissée, chlamyde sur l'épaule gauche et caducée ailé au bras gauche.
Base en bronze. — H. 83 millim.

403 Autre, trouvé à l'église Saint-Georges de Lyon. — Le dieu est sans ailes et sans draperie ; sa main droite tient une bourse, l'autre tenait le caducée.
Socle en jaune de Sienne. — H. 83 millim.

404 Jeune fille debout, les bras posés sur la tête, les jambes croisées. Elle a le haut du corps à découvert et porte

une bandoulière sur la poitrine. — Auvergne. — H. 75 millim.

405 Lion levant sa patte gauche de devant. — Acheté à Lyon. Socle en jaune de Sienne. — H. 43 millim.; L. 8 cent.

VIII. *Armes.*

406-408 Trois hachettes celtiques.

409 Hachette celtique de la vallée du Pô. — Achetée à Bologne.

410 Grand fer de lance (Chypre). — L. 385 millim.

411 Autre, à double nervure. — L. 195 millim.

412 Très beau fer de lance, à patine vert pâle et à double nervure cylindrique. — L. 17 cent.

413 Anneau garni de 21 piquants, disposés sur trois rangs.

414 Deux fers de flèche.

415 Deux balles de fronde grecques; l'une d'elles a pour épisème un foudre ailé et porte au revers le mot ΔΕΞΑΙ (δέξαι, *attrapez-la*) en relief. — Patine blanche.

IX. *Vases.*

416 Situle égyptienne à eau lustrale; décor en creux. — Vente Posno, n° 299. — H. 7 cent.

417 Vase étrusque en forme de tête de femme, les cheveux ceints d'une double bandelette, les oreilles chargées de pendeloques. Beau style, patine verte. — H. 10 cent.

418 Très belle chytra étrusque, à patine vert pâle, l'anse surélevée et amortie par une feuille lancéolée. — H. totale, 145 millim.

419 Petite chytra; anse plate et amortie par un bouton. — Rome. — H. 5 cent.

420 Autre, achetée à Naples. Forme allongée, orifice à rebord, anse surélevée et amortie par une feuille d'ache. Patine rugueuse. — H. 114 millim.

421 Passoire. — Manche plat, godronné, amorti par une palmette et un crochet en col de cygne. — Naples. — L. 26 cent.

422 Double anse de situle avec ses attaches (tête de Minerve et masque de Silène).

X. *Ustensiles, objets de parure*, etc.

423 Miroir étrusque, gravé. — Les Pénates troyens assis devant un temple, en face l'un de l'autre. Entre eux, deux figurines debout : Pâris et Hélène.

Belle patine vert pâle. — Manche amorti par une tête de chevreuil.

Diam., 124 millim.; H. totale, 27 cent.

424 Miroir étrusque, gravé. — Les Dioscures, en face l'un de l'autre, les mains derrière le dos. Derrière eux, leurs boucliers, et, entre eux, une poutre horizontale qui les réunit.

Manche ciselé et amorti par une tête de chevreuil. — — Diam. 12 cent. — H. 23 cent.

425-426 Deux strigiles brisés. — L'un d'eux porte un poinçon ovale : Faune dansant, armé d'un thyrse; autour, le nom du fabricant : MIK[P]OY.

427 Anneau palestrique; tige garnie de cinq boutons ciselés. — Diam. 12 cent.

428 Bracelet gaulois. Tige en fonte pleine, s'épaississant vers les deux extrémités qui sont ornées d'oves et de lignes perlées.

429 Bracelet gaulois. Fil simple terminé par deux torsades.

430 Six fibules de formes variées (sangsue et arbalète).

431 Fermoir de ceinturon étrusque, le crochet en tête de chevreuil.

432 Rasoir gaulois.

433 Cuiller, spatules et cure-oreilles. — 5 p.

434 Une collection de huit clefs romaines. — Anneau portant sur le chaton quatre points clos gravés.

435 Sceau grec. — Légende en relief : Λεωνᾶς Ἑρεννίας. Sur le chaton de l'anneau, un canthare en relief.

IVOIRE ET OS

436 Bague (sujet en relief : femme accoudée sur un cippe et retenant son manteau). — Deux épingles à cheveux. — Charnière de meuble.

ORFÈVRERIE

437 Pendant d'oreille : Amour enfant suspendu à une rosace et tenant une chytra et une patère à libations. — Or, trouvé à Kertsch.

438 Paire de boucles d'oreilles d'ancien style grec. Tige torse, terminée par une tête de bouquetin. — Or.

439 Autre, gallo-romaine. Tige simple, terminée par une figurine d'Amour enfant paré d'une guirlande, et par un petit grenat en cabochon. — Clermont-Ferrand.

440 Bague grecque en or. — Gravure du chaton : Vénus assise à gauche sur un siège et portant sur sa main droite une colombe. Devant elle, un petit Amour debout, les bras tendus vers l'oiseau.

441 Anneau en or filigrané.

442 Bague en argent ciselé. Sur le chaton, un quadrupède. — Époque sassanide?

PIERRES GRAVÉES

443 Beau cylindre égyptien en basalte noir, portant un cartouche au prénom du roi Pepi (VIe dynastie). — L. 6 cent.

Vente Posno, n° 12.

444 Cylindre assyrien en hématite. — Deux figures debout, séparées par un astre et un cynocéphale. Derrière, un poisson et un adorant. Légende cunéiforme. — Vente Gobineau, n° 22.

445 Autre. — Adorant offrant une gazelle à un dieu debout, qui pose son pied gauche sur un tabouret. Plus loin, deux autres figurines. Dans le champ, astre dans le croissant, un poisson, une étoile, etc.

446 Grand scarabée égyptien en basalte noir; légende hiéroglyphique tirée du rituel funéraire. — Vente Posno, n° 528.

447-448 Deux autres, l'un en basalte vert.

449 Petit scarabée en diorite.

450 Scarabée en terre émaillée bleue (monture moderne en or) : La déesse Sekhet, à tête de lionne, assise et tenant un sceptre.

451 Scarabée phénicien en basalte noir : Figurine debout, armée d'une lance.

452 Scarabée étrusque en cornaline : guerrier assis devant une cuirasse et tenant une couronne ; légende fictive.

453 Autre : Homme nu et imberbe, assis à g. sur un siège et forgeant un masque.

454 Autre : guerrier blessé, couché sur son bouclier.

455 Autre : oiseau à buste de femme, portant un rameau.

456 Autre : deux chevaux.

457 Camée ovale en sardonyx à trois couches : Victoire dans un bige au galop.

Beau style grec. — L. 34 millim.

458 Camée en sardonyx à deux couches (monture moderne en bague d'or) : buste drapé d'un personnage romain imberbe, à g.

459 Petit camée en agatonyx : buste voilé de Junon.

460 Cornaline (monture moderne en bague d'or) : Victoire couronnant un trophée; devant elle, un Germain agenouillé et enchaîné; en exergue, un aigle éployé, et autour : VICTORIA GERMANICA. — Époque de Caracalla.

461 Nicolo (monture moderne en bague d'or) : Faune enfant tenant un pedum et une grappe de raisin; à ses pieds, la panthère bachique.

462 Nicolo (même monture) : Hoplite agenouillé.

463 Sardonyx à deux couches (même monture) : Amour agenouillé à g. et cherchant à prendre le papillon psychique.

464 Sardonyx à deux couches (même monture) : tête d'un personnage chauve et barbu.

465 Agatonyx à quatre couches (même monture) : daim courant.

466 Sardoine chevée (même monture) : Mercure debout à dr., tenant le caducée. Ouvrage moderne, portant la signature (en grec) de Pichler.

467 Pâte de Wedgwood (même monture) : Buste d'homme drapé.

468 Six intailles sur cornaline et nicolo : Minerve, Rome nicéphore, Amour enfant, Adorants, Cheval victorieux.

469 Quatre intailles. — Cornaline : éléphant (vente Gobineau, n° 73). — Sardonyx à trois couches : aigle tenant une couronne. — Cornaline : corbeau sur un autel. — Hyacinthe : caducée.

470-471 Petit coq en hématite. — Amulette égyptienne en forme de deux doigts réunis (basalte noir). Vente Posno, n° 341.

MARBRE, ETC.

472 Buste de jeune Satyre; terme-applique en marbre de Paros. — Asie Mineure. — H. 18 cent.

473 Grande et belle hache celtique en malachite, trouvée à Signets (Seine-et-Marne), en 1869. — H. 20 cent.

474 Quatre petites haches celtiques trouvées à Gergovie et au Puy-de-Dôme.

475 Pointes de flèche en silex (Pérouse) et en obsidienne (Marathon).

476 Un lot de petits socles en granit d'Égypte, granit des Pyrénées, porphyre, pavonazzetto, albâtre fleuri, marbre rouge et jaune de Sienne, cipollino, brèche, agate rubanée, etc. — Une pierre de touche.

BRONZES MODERNES

477 Surmoulé du Jupiter assis du Musée Pourtalès. — H. 22 cent.

478 Surmoulé d'une figurine étrusque : Silène agenouillé. — H. 10 cent.

479 Hercule brandissant la massue et tenant les pommes cueillies dans le jardin des Hespérides. — H. 10 cent.

480 Dieu panthée : Apollon casqué, armé de l'égide, la bourse de Mercure à la main droite, un carquois et une patère sur l'épaule. — Renaissance. — H. 13 cent.

SUPPLÉMENT

481 Canthare à panse cannelée, de fabrique napolitaine (moderne).

482 Quelques objets non décrits.

MÉDAILLIERS

483 Un médaillier en palissandre ciré, pouvant contenir 72 cartons. Hauteur, 1 m 37; largeur, 71 cent. (avec la corniche, 77 cent.); profondeur 41 cent. (44 avec la corniche).

484 Un coffre-fort Fichet, transformé en médaillier. Hauteur, 1 m 23; largeur, 74 cent. (78 avec la corniche); profondeur, 40 cent. (42 avec la corniche). Ce meuble contient 52 cartons. L'épaisseur des parois est de 1 centimètre; il y a deux clefs et des combinaisons à trois séries.

MACON, PROTAT FRÈRES, IMPRIMEURS

www.ingramcontent.com/pod-product-compliance
Ingram Content Group UK Ltd.
Pitfield, Milton Keynes, MK11 3LW, UK
UKHW021653260726
13994UKWH00003B/1440

9 782329 477381